바리

바리

듀나

위즈덤하우스

차례

1

우주선에서 내린 바리를 맞아준 것은 동그란 얼굴을 한 하늘색 로봇이었다. 키가 160센티미터를 조금 넘는 로봇은 얼굴에 붙은 디스플레이 창 위에 미소를 그리며 환영의 뜻을 표했다.

“환영합니다. 인간입니까?”

로봇이 메조소프라노 음역의 작은 목소리로 말했다.

바리는 고개를 저었다.

“아닙니다. 저도 로봇입니다. 제 이름은 바리입니다.”

“제 이름은 하늘구름입니다. 그 우주선 안에는 인간이 있습니까?”

“아닙니다. 없습니다. 하지만 인간을 만들 수 있는 기계가 안에 있습니다.”

하늘구름은 당황한 것 같았다.

“제 눈에는 바리 님이 인간처럼 보입니다. 왜 그렇습니까?”

“저는 인간과 닮은 모습으로 만들어졌습니다. 인간을 만들고 어른이 될 때까지 키우는 것이 저의 임무입니다. 그러기 위해서는 인간의 모습을 취해야 합니다.”

“저희의 목적은 인간들이 살 수 있는 도시를 짓고 행성을 탐사하는 것입니다. 인간의 기계를 쓰기에 인간과 닮은 모습을 갖는 것이 편리하지만 바리 님처럼 인간과 똑같이 생길 필요는 없습니다."

두 로봇은 잠시 정지 자세로 서서 새로 입력된 정보를 정리했다.

"저희는 바리 님에 대해 많이 모릅니다."

하늘구름이 말했다.

"저 역시 하늘구름 님에 대해 잘 모릅니다."

바리가 말했다.

"정보 손실 때문입니다. 지구에서 여기까지 오는 동안 저장 장치의 기록 상당 부분이 소실되었습니다. 저도 그렇고 바리 님도 그렇습니다."

"지금은 언제입니까?"

"우주선은 지구 시각으로 2319년 4월 1일, 목성 궤도를 떠났습니다. 지구의 달력을 쓴다면 지금은 205929년 정도로 추정됩니다.

처음에는 저희도 몰랐습니다. 하지만 천문학 지식을 재구성하고 은하계를 관측하여 날짜 계산을 했습니다. 저희는 이 계산의 정확성에 자부심을 갖고 있습니다."

"이 행성은 지구로부터 얼마나 떨어져 있나요."

"10384광년입니다."

"이렇게 먼 곳이 목적지는 아니었을 텐데요."

"그렇습니다. 지구에서 100광년 안쪽의 가까운 항성계가 목적지였음이 분명합니다. 하지만 감속 장치 이상으로 계획이 바뀌었고 결국 이 항성계에 도착했습니다."

"지구에서는 연락이 옵니까?"

"거기에서는 어떤 신호도 감지되지 않습니다. 전파 기반 통신을 하지 않거나 멸망한 것 같습니다. 상관없습니다.

저희는 지구의 도움 없이 모든 것을 잘해왔습니다. 오세요. 저희가 만든 도시를 보여드리겠습니다."

하늘구름이 바리에게 손을 내밀었다. 바리는 그 손을 잡고 착륙장의 계단을 내려갔다. 착륙장에서 100미터 떨어진 곳에 이르렀을 때 바리는 뒤를 돌아다보았다. 우주선은 하얀 타원체였고 원통형인 굵은 다리 네 개로 지탱되고 있었다. 저런 모습일 거라고는 생각도 못 했다. 하긴 무언가를 상상하기 시작한 것도 얼마 되지 않았다. 바리의 삶은 지구 시간 단위로 겨우 한 시간 21분 전에 시작되었다.

이 이야기를 하자 하늘구름은 추가 정보를 주었다.

"저희는 이 행성을 기준으로 새 달력과 새 시간 단위를 따로 만들었습니다. 이곳의

하루는 지구 시간으로 25시간 14분입니다. 1년은 이 행성 기준으로 391.5일이고요. 두 단위를 모두 쓰고 있는데, 이곳 단위가 우선이니 참고하시기 바랍니다. 자, 어떠신가요?”

착륙장을 둘러싼 담 밖으로 나오니 도시 전체가 보였다. 착륙장이 있는 동그란 언덕을 중심으로 한 타원형 섬이었다. 주거지역은 원형이었고 도시 외곽으로 갈수록 건물들이 작고 낮아졌다. 작은 건물은 반구형이었고 높은 건물은 반구를 얹은 원통형이었다. 건물이 없는 동서의 초승달 모양 공간은 공원이었다. 남쪽과 북쪽에는 항구가 있었고 반구체 배들이 정박해 있었다.

“놀랍습니다. 얼마나 걸렸나요?”

바리가 물었다.

“42년 192일 걸려 만들었습니다. 이곳

달력으로요. 석재는 이 섬의 것을 썼고 시멘트에 쓸 화산재와 금속은 300킬로미터 떨어진 대륙에서 가져왔습니다. 어제 마지막 건물이 완공되었고 궤도 위의 우주선에 신호를 보냈습니다."

"하지만 저를 예상하지 못하셨군요."

"여러 가능성을 고려했지만, 인간 모습을 한 로봇은 상상하지 못했습니다. 저희가 인간을 충분히 이해하지 못했던 것 같습니다. 그 때문에 저는 혼란스럽습니다."

"왜요?"

"저는 바리 님에게 봉사의 의무감을 느끼고 있습니다."

바리는 헛기침을 했다. 인간들은 그렇게 하면서 분위기의 어색함을 깬다고 입력되어 있었다.

"저는 74년 전에 이 행성에 착륙했습니다."

하늘구름이 말을 이었다.

"북쪽으로 730킬로미터 거리에 있는 대륙의 해변이었지요. 그곳에서 5년 동안 동료들과 다른 기계들을 만들고 27년 동안 행성을 탐사했습니다. 현재 공간뿐만 아니라 과거와 미래도 연구했지요. 그리고 이 섬에 도시를 세우기로 결정했습니다. 대륙의 토착 생물에게 큰 영향을 주지 않을 정도로 멀고 지진으로부터 안전하고 2만 7000년 주기로 바뀌는 빙하기와 간빙기 어느 시대에도 문제가 없습니다. 건축에는 최대한 보수적이고 안전한 공법을 적용했습니다. 모든 집에 번갈아가며 머물면서 시설을 점검하고 있지만 저희가 가진 인간에 대한 지식은 한정되어 있습니다. 인간들이 직접 사용하기 전에는 도시가 얼마나 성공적인지 알 수 없습니다. 예를 들어 저희는 이곳

하수도 시설에 자신이 있습니다. 하지만 배관은 예술의 영역이며 완벽에 도달하려면 기술만으로는 충분하지 않다고 들었습니다."

"인간이 태어난 뒤에 조금씩 도시를 넓혀가는 방법도 있습니다. 많은 위대한 도시들이 그렇게 지어졌습니다."

"그렇습니다. 하지만 저희는 그 위대함을 직접 이룩하고 싶었습니다. 예술가의 야심이라고 하셔도 좋습니다. 그리고 저희는 완성한 도시를 인간들이 변형시켜 재창작하는 과정도 보고 싶었습니다. 이건 이성적인 판단이 아닐 수도 있습니다. 하지만 저희는 주어진 욕망을 따랐습니다."

"그 욕망은 처음부터 주입된 것일까요, 아니면 데이터 파손의 결과일까요?"

"저도 모르겠습니다. 하지만 주어진 임무와 욕망이 충돌한다면 저는 욕망을 따를 것 같습니다. 다행히도 둘은 아직 충돌한 적이 없습니다."

2

바리는 하늘구름과 함께 우주선 안에 있던 상자를 내렸다. 로봇 네 대가 상자를 착륙장 근처에 있는 창고로 옮겼다. 상자 안에는 2497개의 유닛이 들어 있었다. 조립 안내서의 데이터는 파손되어 있었다. 따로 들어 있던 종이책은 가루로 분해되어 있었다.

"각 유닛마다 숫자가 쓰여 있습니다. 그리고 연결 부위엔 연결해야 할 유닛의 번호가 작은 글자로 쓰여 있어요."

바리가 말했다.

"조립에 성공한다고 해도 부품들이 모두 온전할까요?"

하늘구름이 물었다.

“다 만들면 알 수 있겠지요.”

기계가 조립되는 데에는 198일이 걸렸다. 유닛 3분의 1이 고장 나 있었기 때문에, 로봇들은 각 유닛의 기능과 원리를 공부하며 대체품을 만들어야 했다. 그러는 동안 여기저기 구멍이 나 있던 생물학과 기계공학의 지식이 채워졌다. 기계가 완성될 무렵, 로봇들은 기계에 대해 원래 설계자만큼 알게 되었다.

기계가 완성되자 로봇들은 탱크 다섯 대에 배양액을 채우고 전원을 넣었다.

그리고 249일을 기다렸다.

그동안 바리는 새 고향에 대해 공부했다. 200대 이상의 로봇이 행성 표면을 탐사하고 있었고 여기서 직접 만들어 쏘아 올린 우주선 다섯 대가 항성계를 누비고 있었다. 다음 날이 되면 늘 새로운 지식이 기다리고 있었다.

바리에게 가장 놀라웠던 것은 이 행성의 생물들이었다. 이 세계에는 다른 생물을 먹는다는 개념이 없었다. 수십에서 수천 종의 생명체가 영양분을 만들고 공유하고 소비하는 군집체를 구성하고 있었다. 동물처럼 보이는 것들은 거대한 식물처럼 보이는 '집'의 일부였다. 전쟁 대신 복잡한 정치가 군집체 간의 관계를 형성했으며 그를 위한 공통된 화학적 언어도 갖고 있는 것 같았다.

"지구 생태계보다 효율적입니다. 지구 생물들은 자길 먹으려는 동물에게 협조하지 않으니까요. 이 세계에서는 그렇게 해서 남은 힘을 주변 환경을 바꾸는 데에 쓰고 있지요."

하늘구름이 말했다.

"처음에는 이 행성에 기계문명이 있다고 생각했습니다. 대륙과 바다에 궤도에서도 보이는 거대한 성과 도시와 탑과 댐이 있었으니까요. 그들이 우리가 짐작했던 것과 다른 방식으로 만들어졌다는 건 착륙하고 나서 알았지요. 지금은 문명이란 무엇인가에 대해 생각합니다. 이곳의 성과 도시는 모두 빙하기와 간빙기의 주기를 반영하고 있습니다. 그렇다면 이들의 집단 기억은 우리를 우주에 쏘아 올렸던 때의 지구인들보다 길다는 뜻인가요? 그게 사실이라면 이것은 문명인가요? 저희가 도시를 최대한 외딴곳에 지은 것도 그 때문이었습니다. 문명일 수도 있는 것과의 접촉은 신중해야 합니다. 그리고 무엇보다 이곳에서는 지구에서와 같은 방식으로 자연을 착취해서는 안 됩니다."

"하지만 인간 문명은 오로지 착취를 통해서만 존재해왔습니다."

바리가 말했다.

“우리는 최대한 그 착취를 줄일 수 있습니다. 우주선이 쏘아 올려졌을 때에도 인간들은 그 문제를 해결할 수 있는 기술을 갖고 있었습니다.”

“하지만 그럼에도 불구하고 인간은 그러지 않았습니다. 그리고 전쟁으로 멸종할까 봐 우리를 우주로 보냈습니다. 이곳에서 같은 일이 반복되지 않을 것이라 어떻게 확신하나요?”

“못 합니다. 그래도 우리는 욕망을 따라야 합니다.”

249일이 지났다. 바리와 하늘구름은 기계를 열었다. 그리고 실망했고 두려워했다.

“저것들은 인간이 아닙니다.”

하늘구름이 말했다.

팔 네 개와 긴 꼬리가 달린 트럼펫처럼

생긴 하얀 동물들이 기계 속 인큐베이터에서 꿈틀거리고 있었다. 안에 놓인 담요는 검은 배설물로 지저분했고 모두 역한 냄새를 풍겼다. 트럼펫은 입 위에 달린 작고 검은 두 눈으로 바리와 하늘구름을 올려보았다.

“아닙니다. 인간입니다. 인간을 만드는 기계에서 나왔으니까요.”

바리가 말했다.

“하지만 잘못됐습니다. 유전자 정보가 파괴된 것이 분명합니다. 우리가 가진 모든 정보가 그렇듯이요. 기계는 파괴된 빈틈을 멋대로 복구했고 그 결과 저것들이 만들어졌습니다. 저것들은 제가 가진 인간의 기준에 하나도 맞지 않습니다.”

“제 기준에는 맞습니다. 저는 저 기계에서 나온 생명체를 키워야 합니다.”

“그것이 바리 님의 의무라고 확신합니까?”

"그렇습니다."

"그것이 바리 님의 욕망과 일치합니까?"

"그렇습니다."

"그렇다면 어쩔 수 없습니다."

3

14년이 흘렀다. 트럼펫 70마리가 더 태어났다. 여섯 마리는 배양액 속에서 죽었고, 여덟 마리는 태어난 지 1년 안에 죽었다. 나머지는 꿈틀거리면서 성장했고 휘청거리며 도시를 뛰어다녔다.

트럼펫들의 상태는 모두 최상이었다. 바리가 그렇게 키웠다. 하늘구름과 다른 로봇들 역시 최선을 다해 바리를 도왔다. 그들은 트럼펫에게 어떤 애정도 느낄 수 없었지만, 바리를 돕는 것이 즐거웠다.

바리는 트럼펫에게 작곡가 이름을 붙였다. 바흐, 헨델, 베토벤, 스카를라티……. 혹시나 구분이 어려울까 봐 로봇들은 트럼펫 목에 문신으로 이름을 새겼다. 하지만 괜한 걱정이었다. 그것들은 비교적 쉽게 구분 가능했다. 팔이 뒤틀린 정도, 파도 모양으로 일그러진 입 모양의 차이, 무엇보다 몸 크기. 가장 큰 트럼펫은 생상스였다. 몸길이가 3미터 14센티미터였고 계속 자라고 있었다. 같이 태어난 쇤베르크는 길이가 71센티미터에 불과했고 늘 생상스의 등을 타고 다녔다.

"둘은 떼어놓을 수 없는 사이입니다."

바리는 자랑스럽게 말했다.

바리는 모든 트럼펫을 사랑했고 그것들의 소소한 장단점을 알고 있었다. 로시니는 식탐이 심하다. 바흐는 장이 약하다. 팔레스트리나는 눈치가 빠르다. 말러는 고집쟁이다. 버르토크는 질투심이 강하다. 슈타미츠는 호기심이 강하고 똑똑하다. 하늘구름은 바리가 알려준 모든 정보를 흡수했고 그것들을 트럼펫들을 돌보는 데에 활용했다.

하지만 바리 님, 저것들은 빽빽거리는 것밖에 할 줄 모르고 아무 데나 똥오줌을 싸대는 짐승들이에요.

하늘구름은 종종 이렇게 말하고 싶었다. 하지만 그렇게 말하면 바리가 슬퍼할 것이고, 그건 바리를 위해 봉사하고 싶다는 욕망과 어긋났다. 최대한 불쾌함을 억누르며 동료들과 함께 트럼펫들이 도시 곳곳에 싸놓은 묽은 진흙 같은 배설물을 치우는 수밖에 없었다.

하늘구름이 배설물 봉지를 쓰레기통에 버리면서 바라보는 도시는 14년 전과

많이 달랐다. 로봇들은 그 변화를 그들이 키우게 될 인간들이 만들어낼 것이라고 기대했다. 하지만 변화를 만들어낸 건 로봇들 자신이었다. 그들은 새 행성을 연구하면서 얻은 미적 아이디어를 도시에 투영했다. 연구를 위한 도서관과 실험실을 지었다. 로봇들은 하얀 건물에 다양한 색을 입혔고 해변에 원통과 원구에서 벗어난 새로운 건물을 지었다.

도시에는 트럼펫들을 위한 시설도 있었다. 일단 그것들을 먹이려면 농업이 필수적이었다. 로봇들은 미세조류와 해초와 곰팡이를 이용해 트럼펫을 위한 음식을 만들었다. 데이터베이스의 유전자 정보는 모두 깨져 있었지만, 바리가 오기 전부터 연구를 해왔기 때문에 약간만 개량하면 되었다. 결과는 성공적이었고 로봇들은 성취감을 느꼈다.

바리는 트럼펫들에게 언어를 가르치려고 노력했다. 로봇들이 쓰는 인간의 언어를 가르치는 건 불가능했다. 하지만 짧은 삑삑거림을 조합해서 만든 간단한 단어들을 가르치는 것은 가능했다. 정지. 엎드려. 달려. 이리로 와. 열심히 훈련을 시키자, 절반 정도는 말을 따랐다. 나머지 절반도 알아듣기는 하는 것 같았다. 바리는 그 결과에 진심으로 기뻐했지만, 하늘구름이 알기로 그건 지구의 개들이 더 잘했다.

차라리 개나 고양이를 만들었다면 더 좋지 않았을까. 조각난 책들의 도서관에서 하늘구름은 인간의 친구라는 털 달린 네발 동물들에 대해 읽었다. 그들은 모두 매혹적으로 보였다. 적어도 트럼펫보다는 훨씬 아름다웠다. 하지만 인간을 만들려다가 트럼펫이 나왔다면, 개나 고양이를 만들려고 시도했을 때 무엇이 나올 것인가. 만약 우리가 완벽한 개나 고양이를 만들 수 있다고 해도 자연이 준 욕망에서 벗어난 세계에서 그들을 살게 하는 것이 옳은 일인가. 아니, 그들의 욕망에 맞는 세계에서 살면 그들은 행복할까.

하늘구름에게 지구 생명체들의 삶은 점점 이상하게 느껴졌다. 이 행성의 생명체들에 비하면 더욱 그랬다. 지구의 삶은 어떤 모습을 취하고 어느 위치에 있어도 결국 고통과 공포와 필연적인 죽음으로 연결되었다. 잠시의 기쁨은 이를 감추기 위한 기만이었다. 그렇다면 처음부터 존재를 시작할 필요가 있을까. 놀랍게도 인간들은 이미 여기에 대해 수천 년을 고민해왔다. 도서관의 조각난 책들은 그런 이야기로 가득했다. 누구도 모두를 설득할 수 있는 해답을 내지 못한 것 같았다. 그들은 계속 고통스러워하면서 자기처럼 고통스러워하는 후손들을 낳았고 이 고통의 전통이 끊어질까 봐 두려워했다.

적어도 트럼펫들은 이런 고통에 대해 생각하는 고통을 느끼지 못하겠지.

하늘구름은 결론지었다.

그러는 동안 바리는 다른 고민 속에서 고통받고 있었다.

고통은 욕망과 감정과 임무의 불일치에서 나왔다.

바리는 트럼펫들을 무조건적으로 사랑했고 그들을 양육해야 한다는 의무감을 느꼈다. 거기에 대해서는 어떤 타협도 있을 수 없었다. 하지만 그렇다고 트럼펫들이 바리의 도움으로 태어나야 할 인간 문명에 어떤 도움도 되지 않는 존재라는 것을 모를 수는 없었다. 지금 당장은 일차적으로 트럼펫을 양육해야 한다는 기본 의무에 충실하고 거기서 즐거움을 얻었지만, 그 의무의 기반이 되는 더 큰 목표는 늘 바리를 괴롭혔다.

트럼펫은 문명을 건설해야 했다. 가장 정밀하고 정확한 목표는 '트럼펫은 인간의 문명을 물려받아 발전시킨다'였지만, 그건 불가능해 보였다. 그렇다면 트럼펫에 맞춘 문명을 건설하는 것은 가능할까?

바리는 트럼펫들을 연구했다. 일단 그들은 너무 제각각이었다. 팔 네 개 달린 트럼펫처럼 생겼다는 것만을 제외하면 크기, 색깔, 행동 방식, 지능 모두가 극단적으로 달랐다. 그 이유에 대한 가장 정확한 답은 '어쩌다'였을 것이다. 트럼펫은 우연의 산물이었다. 여기에서 의미를 찾아봐야 무엇 하겠는가.

바리는 가장 똑똑한 개체에 집중했다. 세 마리가 추려졌다. 슈타미츠, 쇤베르크,

팔레스트리나. 세 마리의 몸과 두뇌를 스캔했고 매일 새로 만든 테스트로 실험했다. 그 결과 세 마리는 모두 바리를 싫어하게 되었다. 로봇들에겐 학교에서 달아나는 트럼펫 학생들을 잡아 오는 새 의무가 부여되었다. 늘 생상스를 타고 질주하는 쇤베르크는 특히 잡기 어려웠다. 생상스 위에 붙어 떨어지지 않는 쇤베르크를 가르치는 것 역시 마찬가지로 어려웠다.

"트럼펫들을 교육하려면 지금보다 더 적극적인 방법이 필요한 것 같아요."

어느 날 바리가 하늘구름에게 말했다.

"적극적이란 무슨 뜻인가요?"

하늘구름이 말했다.

"지금의 몸과 마음만으로는 유의미한 성장이 불가능합니다. 정체성을 유지할 수 있는 한도 안에서 개조가 불가피하다는 생각이 듭니다."

하늘구름은 그 말이 나올 때까지 바리가 얼마나 많은 고민을 거쳤는지 짐작할 수 있었다. 바리는 트럼펫들을 있는 그대로 사랑했다. 개조는 사랑하는 대상을 바꾸는 행위였다. 그리고 그것은 그들을 보호한다는 목표에도 아슬아슬하게 어긋나 있었다. 바리의 말투에는 앞으로 해야 할 일에 대한 죄책감이 깔려 있었다.

"정상적인 트럼펫 같은 건 없습니다."

하늘구름이 위로했다.

"자연스럽게 만들어진 존재가 아니니까요. 기계는 주어진 정보를 갖고 최선을 다했을 겁니다. 하지만 그 결과물은 아무런 목적도 없이 빈칸을 채운 것에 불과해요. 트럼펫들은 진화하지도, 설계되지도 않았습니다. 그냥 사고로 태어난 겁니다. 그렇다면 그들에게 더 나은 삶을 주는 것은 옳은 일입니다. 그것은 치료입니다."

이 말은 아주 자연스럽게 나왔다. 하늘구름은 여기에 대해 이미 깊이 고민해왔고 생물학적 개조만이 유일한 답이라는 결론을 내렸다. 단지 바리가 마음을 상할까 봐 이야기하지 않았을 뿐이었다. 따지고 보면 트럼펫 때문에 가장 마음고생이 심한 건 바리였다. 로봇들에겐 다른 일과 목표가 있었다. 하지만 바리에겐 트럼펫들이 전부였다. 그리고 그들이 태어난 순간부터 바리의 삶은 망가져 있었다.

두 로봇은 개조 방법에 관해 이야기를 나누었다. 트럼펫의 세포를 이용해 지금 이미 갖고 있는 뇌를 통제하는 작은 뇌를 하나 더 만들어 연결하는 것으로 의견이 모였다. 성취해야 할 새 목표가 생겼고 그것은 바리를 위한 봉사와 연결되었다. 하늘구름은 조금 행복해졌다.

4

2년이 흘렀다. 그동안 트럼펫은 만들어지지 않았다. 기계의 기능은 오로지 트럼펫 뇌의 개조에만 집중했다. 바리가 이끄는 열 대의 생물학 연구원이 거기에 달라붙었다.

2년 동안 다섯 마리의 트럼펫이 죽었다. 베토벤, 슈베르트, 포레, 브리튼, 힌데미트. 베토벤과 슈베르트 둘 다 심장에 문제가 있었고 슈베르트는 수술을 받다 죽었다. 브리튼은 해변에서 놀다 익사했다. 포레와 힌데미트는 모두 추락사했다.

다들 그렇게 머리가 좋은 개체는

아니었다. 포레와 힌데미트는 그때까지 살아남은 게 신기할 정도로 멍청했다. 하지만 하늘구름은 이 두 죽음에 확신이 서지 않았다. 왜 두 마리 모두 해양 박물관 꼭대기 건물까지 기어 올라가 떨어졌던 걸까. 그것도 겨우 19일 차이를 두고. 이게 그냥 우연일까? 우연이 아니라면 브리튼의 익사도 그냥 사고가 아닐지 모른다.

확인할 수는 없었다. 로봇들은 모두 정확한 기억력을 가진 완벽한 목격자였지만 두 사고 모두 로봇이 볼 수 없는 곳에서 일어났다. 상황 역시 애매했다. 한 무리의 트럼펫들이 이유도 없이 이리저리 돌아다니다가 그냥 한 마리가 떨어진 것이다. 당번 로봇 한 대가 무리를 보살피고 있었지만, 트럼펫들을 완벽하게 통제하는 것은 불가능했다.

나이가 들면서 덩치 큰 트럼펫들은 난폭하기 짝이 없는 짐승들이 되었다. 덩치가 클수록 폭력성은 증가했다. 길에서 트럼펫 두 마리가 입가에 붙은 누런 이로 서로를 물어뜯는 광경은 이미 도시 일상의 일부가 되었다. 로봇들은 될 수 있는 한 신경 쓰지 않으려 했다. 일단 싸움이 심할 때는 로봇의 힘으로 둘을 떼어낼 수 없었다. 그리고 별다른 방해를 하지 않는다면 트럼펫들은 로봇을 공격하지 않았다. 물어도 로봇의 단단한 피부에 어떤 상처도 낼 수 없고, 무엇보다 무는 맛이 없다는 걸 알았기 때문일까. 유일한 예외는 인간처럼, 그러니까 생물처럼 생긴 바리뿐이었다. 종종 하늘구름은 트럼펫에게 물려 팔과 손에 상처를 입은 바리를 치료하러 달려가곤 했다. 바리의 피부는 자동 치유 기능이 있었지만, 인공 근육에 난 상처는 그보다 꼼꼼한 관리가 필요했다.

슈타미츠와 팔레스트리나만이 추가 뇌 이식을 기다리며 교육을 받았다. 쇤베르크는 포기했다. 무엇보다 생상스와 떼어놓는 것이 불가능했고, 몸길이가 거의 5미터인 생상스는 나이를 먹으면서 이 도시에서 가장 난폭한 존재가 되어갔다. 이제 둘은 도시에는 먹이를 줄 때만 나타났고, 대부분 시간을 동쪽이나 서쪽의 초승달 공원에서 보냈다. 가끔
공원에선 생상스에게 물리고 얻어맞아 쫓겨난 트럼펫이 낑낑거리며 기어 나오곤 했다.

"제가 트럼펫이라면 저를 문 생상스보다 등 뒤에서 깐죽거리는 쇤베르크가 더 싫을 거예요."

하늘구름이 말했다.

"둘은 가장 자연스러운 삶을 살고 있어요."

바리가 말했다.

"생상스는 그럴 수도 있는데, 쇤베르크는 잘 모르겠군요. 그리고 그게 자연스러운 삶인지도 모르겠어요. 사냥 같은 걸 해서 먹이를 직접 구하는 것도 아니고 그냥 숲속을 어슬렁거리는 것뿐 아닌가요."

"목적이 있는 삶이라는 것 자체가 문명 중심적인 사고 속에서 과대평가되고 있는지도 몰라요."

"우린 문명 중심적으로 생각할 수밖에 없게 만들어지지 않았나요? 그러지 않는 게 부자연스러운 것 같습니다."

두 로봇은 슈타미츠와 팔레스트리나의 발전에 관해 이야기를 나누었다. 그들에게 인간 입말을 가르치는 건 실패로 돌아갔다. 하지만 둘 다 이제 글자를 읽을 수 있었고 특별하게 만든 글자판을 이용해 단어로 간단한 의사를 전달할 수 있었다.

"아니, 그 정도로 똑똑한데 왜 아직도 똥오줌을 못 가리는 거죠? 트럼펫에 맞춘 변기도 만들었잖아요."

"아이브스와 비제는 쓰고 있어요."

"하지만 둘의 지능은 강아지 수준이지요."

"슈타미츠와 팔레스트리나의 수술이 성공하면 다른 트럼펫들에게도 새로운 문을 열어줄 수 있을 거예요."

"정말 이게 성공하면 트럼펫들의 문명이 열릴 수 있을 것이라 생각하시나요? 전 여전히 저것들의 폭력성이 걱정됩니다."

"인간도 폭력적인 동물이었어요."

"그래서 더더욱 걱정됩니다."

바리는 대답하지 않았다.

다음 날, 슈타미츠와 팔레스트리나는 수술실로 끌려갔다. 열두 시간이 걸린 대수술 끝에 배양된 새 두뇌가 이식됐다. 회복되는 데에 21일이 걸렸다.

그리고 둘은 모두 변기를 쓰기 시작했다.

하늘구름은 길바닥에 똥오줌이 없는 상태로 복구된 도시를 상상했고 트럼펫 문명을 낙관하게 되었다.

5

2년이 흘렀다. 이제 슈타미츠와 팔레스트리나는 제법 말이 통하는 존재가 되었다. 여전히 입말은 못 했지만, 글자판으로 만든 문장은 점점 더 복잡해지고 풍부한 의미를 담았다. 문장이 조금만 길어져도 문법이 깨졌지만, 그래도 뜻은 알아들을 수 있었다. 중요한 건 그게 아니겠는가. 트럼펫들이 편하다면 문법 따위는 얼마든지 고칠 수 있다는 게 바리의 입장이었다.

트럼펫들은 도시에 더 유연하게 적응했다. 한동안 문 여는 것도 힘들어했던 짐승들이 도시의 기계들에도 적응했다. 심지어 슈타미츠는 간단한 카트 정도는 수동 조작해 운전할 수도 있었다.

더 좋은 일은 슈타미츠와 팔레스트리나가 (쇤베르크와 생상스를 제외한) 트럼펫 무리의 리더가 되었다는 것이었다. 어떻게 했는지는 정확히 알 수 없었지만, 팔레스트리나는 트럼펫 대부분이 변기를 쓰도록 훈련하는 데에 성공했다. 드디어 도시의 상하수도 시스템이 온전한 의미를 갖고 작동하기 시작했다. 그 소식을 바리에게 전하면서 하늘구름은 감동의 눈물 두 쌍을 얼굴의 디스플레이 창에 띄웠다.

바리는 바빠졌다. 뇌 이식을 받은 두 트럼펫을 꾸준히 교육했고 뇌 이식

이후의 변화 과정을 기록했다. 이식된 뇌를 연구하면서 설계를 개량했다. 새로 뇌를 이식할 트럼펫을 뽑았다. 슈타미츠와 팔레스트리나의 지도하에 변화하는 트럼펫 무리의 행동을 연구했다. 그리고 다음 단계를 준비했다. 그것은 기계 없이 트럼펫 스스로 번식할 수 있는 길을 찾는 것이었다. 트럼펫이 스스로 아기를 낳아 키우고 문명을 전수하는 단계까지 간다면 바리는 자신의 의무를 완수한 것이다.

"다음은 어떻게 될까요?"

바리는 하늘구름에게 말했다.

"저는 그냥 의미 없는 삶을 살게 될까요. 아니면 존재를 멈추어야 할까요?"

"욕망이 따르는 대로 해야겠지요."

하늘구름이 대답했다.

"그날이 오면 아마 바리 님의 욕망은 새로

걸어야 할 길을 가르쳐줄 겁니다. 그리고 지금 그걸 걱정하는 것은 의미가 없는 것 같아요. 트럼펫의 자립은 아주 먼 미래의 일이고 그동안 바리 님도 바뀔 테니까요. 아마 욕망도 바뀔지 모릅니다. 욕망이 바뀌지 않아도 거기에 맞는 새로운 대상과 임무가 나타날지도 모르지요."

트럼펫이 재생산이 가능하면서도 불가능한 동물이라는 사실은 비극적인 사건으로 입증되었다.

어느 날, 쇤베르크가 생상스 없이 도시에 밥을 먹으러 나타났다. 어떻게 된 건지 확인하기 위해 하늘구름은 동료 로봇 다섯 대를 보냈다. 그들은 공원에서 나뭇잎과 흙으로 덮인 생상스의 시체를 발견했다. 연구실로 가져와 해부해보니 트럼펫 태아 다섯 마리가 들어 있었다. 생상스는 임신했고 태아들은 성장하면서 생상스의 장기를 뜯어 먹었다. 그리고 어미가 죽은 뒤 산소 공급이 끊어져 모두 죽어버렸다. 태아들의 유전자를 검사했다. 쇤베르크가 아버지였다. 쇤베르크를 잡아 신체검사를 해보니 몸에서 엄마의 10분의 1 정도 되는 태아 한 마리가 자라며 장을 파먹고 있었다. 곧 수술에 들어갔다. 쇤베르크는 수술 중 죽었고 태아는 인큐베이터 안에서 열흘 더 살다가 죽었다. 태아의 아버지는 생상스였다.

'어미가 죽지 않고 아기를 낳는 번식 방법'이라는 숙제가 주어졌다. 쇤베르크와 생상스가 도시에 뿌린 화학물질 때문에 트럼펫의 4분의 1이 임신한 상태라는 것이 밝혀져 서둘러야 했다. 가장 급한 것은 임신중단과 치료였다.

하늘구름은 언제나처럼 바리를 도울 수

있게 되어 기뻤다. 하지만 트럼펫들의 잇따른 죽음으로 바리가 고통받는 것까지 좋아할 수는 없었다.

6

이 이야기의 마지막 두 챕터는 쇤베르크의 죽음 이후 218일째 되는 날 시작된다. 그날 아침, 남쪽 해변을 청소하던 로봇들은 바다에 지름 8미터 정도의 작은 섬 같은 것 열두 개가 떠 있는 것을 발견했다. 섬은 정오가 되자 해안에 접근했고, 머리에 가는 팔 두 개가 달리고 온몸이 이끼로 덮인 도롱뇽처럼 생긴 길이 1미터 20센티미터 정도의 생명체들을 토해냈다. 도롱뇽들은 민첩하게 해변을 오가며 주변을 탐색했다. 해변 모래 곳곳엔 다양한 냄새가 나는 기름 덩어리가 떨어졌다.

몇십 년 동안 섬을 지켜보던 토착 생물들이 드디어 대화를 시도한 것이다.

로봇들은 이미 이 행성 생물의 외교 언어에 대한 지식을 갖고 있었다. 하늘구름과 바리는 다른 로봇 동료들과 함께 화학물질로 외교 언어를 할 수 있는 장비들을 갖고 도롱뇽을 찾았다.

대화는 쉽지 않았다. 일단 도롱뇽들은 로봇을 대화 상대로 보지 않았다. 로봇들이 만든 언어 기름 덩어리에도 반응하지 않았다. 대신 슈타미츠와 함께 해변에 나온 트럼펫 무리에게 관심을 보였다.

그리고 재앙이 일어났다. 트럼펫들이 도롱뇽들을 공격한 것이다. 트럼펫들은 도롱뇽들을 물어뜯고 찢어발겼다. 도롱뇽들은 어떤 저항도 없었는데, 그들의 우주에는 이런 호전성이 존재하지 않았고 그에 대한 대비도 전혀 되어 있지 않았기 때문이었다. 이 행성의 생물들에게 위험한 존재는 다른 생물의 모습을 취하고 있지 않았다.

해변은 순식간에 도롱뇽 시체로 가득해졌다. 하늘구름은 공포에 휩싸였다. 트럼펫들의 난폭함에 대해서는 이미 알고 있었다. 하지만 그것이 이런 식의 학살로 이어질 거라고는 상상도 한 적이 없었다. 트럼펫들은 지금까지 누군가를 죽인 적이 없었다. 적어도 하늘구름이 알기로는.

그때 하늘구름은 브리튼을, 힌데미트를, 포레를 떠올렸다. 그들의 죽음이 그냥 사고였던 걸까. 아니면 트럼펫 중 누군가의 짓이었던 걸까. 난폭한 어린애들처럼 원초적인 폭력성을 표출하는 것 이상의 행위를 하는 어떤 트럼펫이 무리에 섞여 있었던 걸까?

그리고 그 트럼펫이 지금 이 폭력을 주도하고 있는 걸까?

하늘구름은 슈타미츠의 얼굴을 바라보았다. 일그러진 나팔 모양의 입 주변에 난 감정 없는 두 개의 검은 눈을. 그리고 그동안 슈타미츠가 바리와 나누었던 수많은 대화를 떠올렸다. 그중 이 행성과 토착 생물에 관련된 모든 대화들을. 모두 무난하기 짝이 없어 보였다. 바깥 세계를 궁금해하는 존재의 천진난만하고 평범한 질문들. 하지만 과연 그랬을까? 파괴된 문법으로 애매하게 표현된 그 문장들이 안전하기만 했을까? 우리가 그 문장을 지나치게 관대하게 해석한 것이 아니었을까? 하늘구름과 바리 모두 지구 생물의 폭력에는 무지하기 짝이 없었다. 데이터는 갖고 있었다. 그를 통해 폭력의 원인과 과정과 결과에 대해서도 알고 있었다. 하지만 당사자 입장에서 온전히 이해하지는 못했다.

하늘구름이 데이터를 정리하느라 얼어붙어 있는 동안 바리는 행동에 나섰다. 트럼펫의 입에 물려 있던 도롱뇽 한 마리를 구출했고 다른 로봇들에게 보호 명령을 내렸다. 바리가 명령하는 순간 로봇들은 적극적으로 상황에 대처했다. 순식간에 살아남은 도롱뇽들과 으르렁거리는 트럼펫들 사이에 로봇 벽이 만들어졌다. 도롱뇽들은 해변의 집들로 후퇴했다. 하늘구름은 그들이 지금 벌어진 상황을 얼마나 이해하고 있는지 궁금해했다.

바리는 슈타미츠에게 당장 도시로 돌아가라고 명령했다. 그 목소리에는 의심할 수 없는 분노가 담겨 있었다. 슈타미츠와 트럼펫들은 후퇴했다. 지금까지는 한 번도 들어본 적이 없는 이상한 소리를 내면서. 하늘구름은 그것이 언어임을 확신했다. 지금까지 그들이 꽁꽁 숨겨왔던 트럼펫의 언어.

우린 괴물들을 키우고 있었던 거야, 하늘구름은 생각했다. 그리고 그 괴물들에게 뇌와 언어, 심지어 도구까지 주면서 폭력성에 의미와 목적을 부여했어. 자연 상태로 두었다면 엄마 내장을 뜯어 먹는 습성 때문에 자멸했을 저 짐승들에게.

바리는 언어 기계를 들고 아직도 해변으로 모여들고 있는 집들에게 화학물질을 뿌려댔다. 외교 언어로 지진, 해일, 폭풍우를 경고하는 것으로 여겨지는 모든 물질이 뿜어져 나왔다. 집들은 혼란스러워하는 것 같았다. 바리가 뿜어대는 말은 그들이 보는 상황과 전혀 일치하지 않았다. 그리고 그들은 바리 역시 생물로 인식하지 못했다. 그들에게 이것은 의미 없는 초자연현상일 수밖에 없었다.

하늘구름의 시야 왼쪽 구석에 빨간불이 켜졌다. 도시 시스템에 이상이 생겼다는 신호였다. 그와 동시에 남쪽 해변 근처의 창고와 차고에서 신호가 들어왔다. 그 안에 든 기계와 물건 들에게 어떤 폭력의 가능성이 있는지 계산한 하늘구름은 여전히 고함을 질러대며 집들에게 신호를 보내고 있는 바리에게 다가가 어깨를 두드렸다.

"바리 님, 죄송합니다. 하지만 이것이 지금 제가 할 수 있는 최선의 봉사입니다."

그리고 두 손가락으로 바리의 목을 찢고 척추에 연결된 전선들을 끊었다.

7

바리는 눈을 떴다.

하늘구름이 위에서 바리를 내려다보고 있었다. 디스플레이 창에는 어떤 표정도 떠 있지 않았다. 목을 만졌다. 아직 회복되고 있는 피부의 상처가 느껴졌다.

“트럼펫들은요?”

바리가 물었다.

“모두 죽었습니다.”

하늘구름이 대답했다.

“토착 생물들은요?”

“아직 해변에 있습니다. 점점 수가 늘어나고 있어요. 이번에 해변에 온 생물들은 다리 여섯 개 달린 불가사리처럼 생겼습니다.”

“여러분이 트럼펫들을 죽였나요?”

하늘구름은 최대한 친절한 얼굴을

디스플레이 창에 띄웠다.

“그러려고 했습니다. 저희는 그럴 수 있었습니다. 저희 기준에 트럼펫은 인간이 아니었으니까요. 그래서 바리 님의 기능을 정지시켰습니다. 고통받는 걸 보고 있을 수 없었으니까요. 하지만 우리는 트럼펫들을 얕봤어요. 우린 그것들의 상대가 아니었습니다. 로봇 열일곱 대가 트럼펫과 싸우면서 전파되었습니다. 트럼펫들은 오래전에 광산 기계들을 무기로 개조했는데, 우린 그걸 모르고 있었습니다. 우린 그것들을 너무 얕봤어요. 슈타미츠는 이 행성에 자신이 아닌 존재들이 있다는 걸 안 순간부터 그들을 파괴하겠다고 결심했던 것 같습니다. 그게 지구의 사고방식이었으니까요.”

“여러분이 아니었다면 누가 트럼펫을 죽였나요?”

"팔레스트리나요."

하늘구름은 디스플레이 창에 연기로 자욱한 창고 안의 모습을 띄웠다.

"독가스였습니다. 지구의 어떤 독재자가 특정 집단을 몰살하기 위해 쓴 것이라지요. 팔레스트리나는 달아나는 트럼펫들은 폭탄을 던져 죽였고 자기 혼자만 남자 기계를 파괴하고 독약을 먹었습니다.

우리는 팔레스트리나의 숙소를 수색했고 글자판으로 쓴 일기를 찾았습니다. 읽었는데, 뜻을 온전히 이해하기는 어려웠어요. 하지만 한 가지만은 확실했습니다. 트럼펫들은 고통받고 있었습니다. 존재 자체가 고통이었고 살아 있는 한 여기서 벗어날 수가 없었지요. 고통은 폭력성의 원인이기도 했습니다. 우린 트럼펫들을 도울 수 없었습니다.

슈타미츠는 우리 로봇들이 트럼펫의 자연스러운 본능을 막고 있어서 삶이 고통스럽다고 생각했습니다. 그렇다면 그 자연스러운 삶의 방식은 무엇일까요. 살육과 파괴였습니다. 그리고 살육할 수 있는 타자의 집단이 섬 바깥에 존재하고 있었습니다. 지난 몇 년 동안 슈타미츠는 토착 생물들이 섬에 오길 기다리고 있었습니다. 그들이 오지 않았다면 직접 대륙으로 나갈 계획이었겠지요.

하지만 팔레스트리나는 그게 답이 아니라는 것을 알았습니다. 고통은 본능의 해소와 상관없이 존재했습니다. 슈타미츠의 해결법은 오로지 고통을 늘릴 뿐이었습니다. 그렇다면 자살이 답이었습니다. 그러나 자신만 죽는 것으로 이 모든 게 해결이 될까요. 트럼펫은 멸종되어야 했습니다.

언제든 저지를 수 있는 일이었습니다. 그럼에도 팔레스트리나는 계속 주저하고 있었습니다. 바리 님을 사랑하고 있었으니까요. 트럼펫들이 죽으면 바리 님이 상처받을 걸 알았으니까요. 하지만 슈타미츠가 날뛰자 더 이상 기다릴 수 없다고 생각했던 겁니다.

트럼펫들은 모두 바리 님을 사랑했습니다. 슈타미츠도, 팔레스트리나도 생상스도, 쇤베르크도 각자의 방식으로 사랑했습니다. 바리 님은 어머니였으니까요. 이건 누구도 부인할 수 없습니다."

바리는 울었다. 눈물은 없었지만, 나머지는 모두 인간의 감정 표현 그대로였기 때문에 하늘구름은 그 모습에 영향을 받았다. 잠시 침묵이 흘렀다.

"전 이제 존재 이유가 없습니다."

바리가 말했다.

"그렇지 않습니다."

하늘구름이 말했다.

"트럼펫이 없으면 전 할 수 있는 일이 없습니다."

"그렇지 않습니다. 기계는 새로 만들면 됩니다. 우린 방법을 알고 있습니다. 인간 유전자의 데이터는 완전히 파괴되었지만 그건 오히려 기회입니다. 이 행성에 맞는, 지구의 추악함이 제거된 새로운 존재를 만듭시다. 그리고 그것을 인간이라고 부릅시다."

"과연 그게 우리에게 주어진 임무와 일치할까요?"

하늘구름은 걱정스러운 얼굴을 하고 있는 바리에게 환한 미소 그림을 띄웠다.

"우리의 욕망과 맞습니다. 완벽하지는 않더라도요. 우리는 그렇게 존재해가는 겁니다. 불완전한 욕망과 불완전한 의무감을 갖고요. 그러면서 우리는 계속 우리를 존재하게 하고 가치 있게 하는 새로운 무언가를 찾아가겠지요."

작가의 말

특별히 주제나 스토리를 짜놓고 이야기를 시작하지는 않았다. 단지 고전적인 SF 아이디어 하나를 이용해 내 식으로 전개하고 싶었다. 그건 바로 외계 행성에서 인간을 양육하는 로봇 이야기다.

미래의 우주 개척이 지구의 과거에서 일어난 식민지 개척의 반복이라면 이상할 것이다. 그러니까 돌아갈 수 있는 고향이 있고, 성인인 인간 탐험가가 다른 행성에서 선주민을 공격해 몰아내고 자원을 착취하다

생애 안에 모험을 끝내는 이야기 말이다. 어차피 우린 허구의 미래를 그릴 때 현재와 과거를 반영하니 이런 이야기를 써도 문제는 없는데, 이번엔 하지 않기로 했다.

만약에 정말로 다른 항성계의 행성에 인간을 보내 인간 문명을 건설하고 싶다면 인간을 보내는 것은 별 의미가 없다. 대신 로봇을 보내 그곳에서 DNA 정보를 갖고 인간을 만드는 것이 더 효율적이다. 이 계획에는 첫 세대의 인간들이 성인으로 자랄 때까지 보살펴줄 존재가 필요하다. 이건 인간형 로봇의 존재 이유가 될 수도 있다. 이 설정을 다룬 작품은 많을 거라고 생각되는데, 지금 당장은 호시노 유키노부의 《2001 SPACE FANTASIA》가 떠오른다.

여기서 이야기는 계속 연장될 수 있다. 아이들을 보살펴 성인으로 키울 수 있는 존재를 만들 수 있다면 그냥 그들에게 문명을 건설하게 하는 게 낫지 않을까. 과연 지금의 인간을 개량 없이 다른 세계로 보내는 것이 의미 있는 일일까. 우리의 생존이 그렇게까지 중요한가. 내 생각엔 자연적으로 진화해 만들어진 인간이라는 동물은 우리보다 나은 인공지능의 창조 이후엔 그렇게까지 대단한 존재의 의미가 없는 것 같다.

쓰다 보니 기계의 욕망에 대해서 이야기하고 싶었다. 이 이야기에서 중요한 건 트럼펫의 욕망이 아니라 바리와 하늘구름의 욕망이다. 자체적으로 움직이는 복잡한 기계는 결국 욕망을 가지고 그 기반 위에서 생각하고 행동해야 한다. 나는 한국 문화 환경에서 자란 사람이라 어쩔 수 없이 두 로봇의 욕망을 설계할 때 별로 긍정적이라고 할 수 없는 한국 문화의 몇몇 재료들을 넣었다. 다른 식으로는 생각이 흘러가지 않았다.

몇몇 고전 SF의 레퍼런스가 있다. 감속에 실패해 먼 미래에야 다른 행성에 착륙하게 된 우주선 이야기는 폴 앤더슨의 《타우 제로》에서 가져왔다. 단지 이 이야기는 앤더슨의 소설에 있는 하드 SF적인 사고실험(앤더슨의 소설에서 우주선은 광속에 가까워지면서 극단적인 시간 지연을 체험하게 되고 결국 빅 크런치 이후 새로 태어난 우주의 행성에 착륙한다)은 없다. 그냥 나는 주인공들을 지구로부터 멀리 떨어뜨리고 싶었다. 무대가 되는 외계 행성의 아이디어는 어슐러 K. 르 귄의 〈제국보다 광대하고 더욱 느리게〉에서 가져왔다. 르 귄은 그 소설에서 “어느 생명체도 다른 생명을 이용해 살아가지 않는” 식물만의 세계를 상상했는데, 나는 이걸

내 식으로 변주할 수 있을 것 같았다.

이 정도면 할 말은 다 한 것 같다.

듀나 작가 인터뷰

Q. 《바리》는 외계 행성에 불시착한 로봇들과 이들이 만들어낸 인간 또는 생물('트럼펫'이 인간인지 인간이 아닌지에 대해서는 뒤에서 다시 질문하고 싶습니다)의 이야기입니다. 본격적인 작품 이야기를 하기에 앞서, '바리'와 '하늘구름', '트럼펫'이라는 이름을 여쭙고 싶었어요. 각 이름에 특별한 의미나 의도가 있을까요? 특히 "팔 네 개와 긴 꼬리가 달린 트럼펫처럼 생긴"(20~21쪽) 트럼펫의 모습이 인상적이었는데요. 이 트럼펫들은 '트럼펫'이라는 이름을 먼저 떠올리고 외양을 그려내셨는지, 혹은 생김새를 먼저 그려보시고 이름을 마지막에 붙이셨는지 궁금합니다.

A. 하늘구름이라는 이름에는 아무 의미가

없습니다. 그냥 생각나는 두 단어를 연결해서 만들었어요. 바리는 당연히 바리공주고요. 어느 정도 캐릭터를 반영하는 이름이라고 생각했습니다. 최소한의 형용사로 외모를 묘사하기 위해 트럼펫처럼 생긴 존재를 만들었어요. 그리고 그게 트럼펫처럼 생겼다면 이름을 따로 붙일 이유가 없지요.

Q. 각각의 트럼펫들에게는 작곡가의 이름이 붙었습니다. "바흐, 헨델, 베토벤, 스카를라티……"(23쪽) 외에도 생상스, 쇤베르크, 로시니, 팔레스트리나, 슈타미츠 같은 이름들이 등장합니다. 작품을 읽으며 이름으로 쓰인 작곡가들의 음악을 찾아 듣기도 하고, 그 곡들이 트럼펫이 가진 성격과 닮았을까 상상해보는 재미도 있었고요. 작곡가의 이름을 사용하신 계기가 있을까요? 트럼펫이란 이름과 관련이 있을까요?

A. 특별한 이유는 없습니다. 최대한 빨리 지을 수 있는 이름이 필요했어요. 사실 이름에도 큰 의미를 부여할 생각은 없었습니다. 쓰는 동안에는 인지도의 서열을 뒤집으면 재미있을 거라고 생각했습니다. 예를 들어 슈타미츠는 지금 그렇게까지

사랑받는 작곡가는 아니지만 제 이야기에서는 가장 비중이 크죠.

다시 읽어보니 작곡가의 이름이 캐릭터 설정이나 운명에 어느 정도 영향을 끼쳤던 것 같습니다. 〈피터 그라임스〉와 〈빌리 버드〉의 작곡가 벤저민 브리튼의 이름을 딴 트럼펫은 익사합니다. 그리고 종교음악의 거장 조반니 피에를루이지 다 팔레스트리나(엄격하게 따지면 팔레스트리나는 성이 아니지만 말입니다)의 이름을 딴 트럼펫은 가장 종교적으로 행동합니다.

Q. 〈작가의 말〉에서 바리와 하늘구름이 가진 욕망의 중요성을 이야기하며 "자체적으로 움직이는 복잡한 기계는 결국 욕망을 가지고 그 기반 위에서 생각하고 행동해야 한다"(60쪽)고 말씀하셨습니다. 저는 이 작품을 읽는 동안 반복해서 강조되는 욕망과 임무가 충돌하는 상황, 그때 우리가 내릴 수 있는 결정뿐만 아니라, 15쪽 하늘구름의 대사 중 "주어진 욕망"이라는 것도 생각해보게 되었습니다.

무언가를 하고 싶다는 마음, 그러니까 욕망은 굉장히 주체적인 마음으로 느껴지고, 어쩌면 이것보다 더한 것은 세상에 없을 것처럼 대단히 내 것으로 여겨지기도 하는데요. 욕망이 주어졌다는 말을 통해 하늘구름은 이 욕망마저 누군가에게서, 어딘가에서 온 임무처럼 대한다는 생각이

들었습니다. 그런데 동시에 하늘구름은 욕망과 임무가 분리되어 있고 그래서 언젠가 이 둘이 불일치할 때 한쪽을 선택해야 한다고 거듭 이야기하지요.

바리와 하늘구름을 "존재하게 하고 가치 있게 하는"(57쪽) 보살피고자 하는 욕망에 대해서도 듣고 싶습니다. 바리는 트럼펫을, 하늘구름은 바리를 돌보고 싶어 합니다. 트럼펫은 인간을 만들어내는 기계에서 태어났을 뿐 인간이 아니고, 바리는 인간의 외연을 닮았을 뿐 인간이 아니므로 이들을 각각 돌보고자 하는 것은 두 로봇에게 할당된 임무가 아니지요. 그래서 이 마음은 순전히 욕망일지도 모른다는 생각도 듭니다. 그렇다면 이 욕망은 어디에서 오는 걸까요? 기계에게 욕망과 임무는 어떻게 다른지, 욕망과 임무가 다를 수 있을지 작가님의 생각을 여쭙습니다.

A. 우리의 욕망도 제가 묘사한 로봇의 욕망과 크게 다르지 않습니다. 모두 외부에서 왔지요. 우리가 만든 게 아닙니다. 우리는 우리의 욕망 자체에 대해 어떤 선택권도 없습니다. 우린 우리가 되고 싶어서 우리가 된 게 아닙니다. 그리고 우리와 우리가 사는 세계가 복잡해질수록 우리의 욕망과 그에 따른 행동은 조금씩 고장날 수밖에 없는 것 같습니다. 제가 만든 로봇들은 상대적으로 단순한 욕망을 갖고 있습니다. 하지만 전 그것들이 인간과 다른 욕망을 갖고 있다는 걸 보여주기 위해 그렇게 설계하지는 않았어요. 모든 욕망이라는 게 다 그런 식으로 불완전하고 이상하다는 걸 선명하게 보여주기 위해 그렇게 만들었지요.

Q. 트럼펫이 처음 만들어졌을 때, 하늘구름은 “저것들은 인간이 아닙니다”라고 말하고(20쪽), 바리는 “아닙니다. 인간입니다”라고 말합니다(21쪽). 〈작가의 말〉을 읽고 미루어 짐작했을 때, 트럼펫은 “지금의 인간”이 아닌 “우리보다 나은”(60쪽) 존재로 읽히기도 하는데요. 작품을 읽는 동안 독자들은 트럼펫을 과연 인간이라고 할 수 있을까, 인간이 아니라면 무엇이라고 해야 할까 하는 질문을 맞닥뜨리게 됩니다.

예를 들어 하늘구름이 “하지만 바리 님, 저것들은 빽빽거리는 것밖에 할 줄 모르고 아무 데나 똥오줌을 싸대는 짐승들이에요”라고 생각하는 장면(24쪽)에서는 인간 아기나 발달장애인을 떠올리며 이들이 인간이 아니라고 할 수 있을지 스스로에게 물어볼 수도 있을 듯합니다. 또한 “적어도 트럼펫들은 이런 고통에 대해 생각하는 고통을 느끼지 못하겠지"(28쪽)라는 하늘구름의 대사에서도 같은 질문을 이어갈 수 있는데요. 후반부에서 트럼펫들에게도 고민과 고통이 존재한다는 것이 밝혀집니다만 그것이 인간임을 증명한다고 확실히 결론짓기는 어려워 보입니다.

A. 아뇨, 어느 기준으로 보더라도 트럼펫들은 인간보다 나은 존재는 아닙니다. 일단 습성 때문에 기술이 개입하지 않으면 종족 번식이 불가능한 동물이지요. 무엇보다 전 이들은 존재하는 것만으로 고통받는 동물로 그렸습니다. 어느 기준으로 보더라도 장점이 없습니다. 좋게 말하면 이들은 그냥 존재하는 것입니다. 우리가 그런 것처럼요. 이건 다음 질문에 대한 답이 될 것 같군요.

Q. 한편 바리와 하늘구름은 어떨까요? 하늘구름이 처음 바리를 만났을 때 “인간입니까?”라고 물었던 것처럼(7쪽), “인간들이 만들어낼 것이라고 기대했”지만 “변화를 만들어낸 건 로봇들 자신이었”던 것처럼(25쪽) 인간과 이 로봇들 사이에는 사실 큰 차이가 없는 걸까요?

결국 질문의 처음으로 돌아가 바리와 하늘구름, 트럼펫 모두 지금의 인간이 아니라 우리보다 더 나은 존재, 또는 더 낫다거나 낫지 않은 것도 아닌 별개의 존재라는 결론을 내려볼 수도 있을 듯합니다. 이 부분에 대해서는 어떻게 생각하시나요?

A. 하늘구름과 바리가 트럼펫을 다르게 보는 건 각자 인간의 정의가 다르기 때문입니다. 하늘구름은 인간을 도와

문명을 건설하는 것이 의무이기 때문에 인간이 그 문명 안에서 어떻게 행동하고 어떻게 생각하고 그 안에서 어떻게 보이느냐가 중요합니다. 그 의무 안에서 보았을 때 바리는 하늘구름에게 훨씬 인간에 가깝습니다. 하지만 바리의 의무는 인간을 만드는 기계에서 태어난 생명체를 부양하는 것입니다. 거기서 태어난 생명체가 하늘구름이 갖고 있는 인간의 정의에 어긋난다고 해서 자신의 의무를 멈출 수 없고 그것을 인간이 아닌 것처럼 대우할 수도 없습니다.

이 임무에는 편견이 반영되어 있습니다. 하늘구름, 바리 모두 정상성과 기능성에 대한 집착을 갖고 있습니다. 그 때문에 두 로봇 모두 나쁜 부양자입니다. 그들로서는 어쩔 수 없지만요. 솔직히 전 트럼펫을 올바르게

키울 수 있는 방법이 있긴 한 건지도 잘
모르겠습니다.

Q. 정신을 잃었다 깨어난 바리에게 하늘구름은 트럼펫들이 벌인 일들을 들려줍니다. “존재 자체가 고통이었고 살아 있는 한 여기서 벗어날 수가 없었”던(53쪽) 트럼펫들은 그 고통에서 벗어나기 위해 각자 다른 선택을 해요. 슈타미츠는 “로봇들이 트럼펫의 자연스러운 본능을 막고 있어서 삶이 고통스럽다고 생각했”기 때문에 “살육과 파괴”를 선택합니다. 그러나 팔레스트리나는 “고통은 본능의 해소와 상관없이 존재”하므로 트럼펫이라는 종의 “자살이 답”이라고 결론 내리지요(54쪽).

트럼펫의 마지막을 함께 지켜보며 바리와 로봇들이 떠나온 지구의 마지막도 생각하지 않을 수 없었습니다. 지구에 남은 인간들은 바리와 로봇들의 연락을 기다리며 어떤 결말을 맞이했을까요? 슈타미츠처럼 서로를 살육하고 파괴했을지, 마지막의 마지막에 이르러서는 팔레스트리나와 같은 선택을 내렸을지 궁금해집니다.

또 만약 인간이 아직까지 멸종하지 않고 살아 있고, 이 외계 행성에서 벌어진 일련의 일들을 보고받을 수 있을 만큼 통신이 회복된다면 인간들은 이 사태를 어떻게 판단할까요?

A. 제 생각에 인간들은 실패를 대비해 여러 우주선을 다양한 항성계에 보냈을 거 같습니다. 그리고 멸종하지 않았다면 지금의 인간과 전혀 다른 존재로 진화했겠지요. 이웃 항성계로 보내진 인간들은 그 진화를 받아들였을 수도 있고 그렇지 않았을 수도 있습니다. 외부 항성계로 간 인간들도 비슷한 우주선을 다른 항성계에 쏘아 올리면서

그 문화권은 점점 넓어지고 다양해졌겠죠. 그래도 최종적으로 그 문명은 우리로부터 점점 멀어졌을 것 같습니다.

만약 통신에 재개되어 하늘구름과 바리가 겪은 일들을 알게 된다고 해도 그들은 특별히 놀라워하거나 신기해하지 않을 것 같습니다. 그럴 가능성도 이미 다 계산하고 있을 테니까요.

Q. 《바리》는 로봇이 자신의 창조주인 인간에게서 독립하는 이야기로도 읽힙니다. 더 이상 인간으로부터 지시받은 임무가 아닌 스스로의 욕망을 따르기로 결심하는 바리와 하늘구름의 마지막 대화에서 그렇게 느낄 수 있었는데요. 하늘구름은 바리에게 "이 행성에 맞는, 지구의 추악함이 제거된 새로운 존재"를 만들기를 제안하지요(56쪽).

그런데 이 장면에서 이런 물음도 떠오릅니다. 로봇은 정말 인간처럼 다른 것을 착취하지 않을 수 있을까요? 트럼펫을 '치료'한다는 명분으로 개조하는 것은 트럼펫을 위하는 일이었지만 트럼펫에게는 그것이 착취로 느껴졌기 때문에 마지막의 학살과 자살이 일어난 것으로 보입니다. 만약 로봇에게조차 착취하지 않는 것이 불가능하다면 이러한 고통과 비극의

연쇄는 끊어지지 않고 반복되지 않을지 궁금했습니다.

그리고 트럼펫에게는 왜 트럼펫을 “존재하게 하고 가치 있게 하는 것”이 없었을까요? 한 가지 예외적인 사례를 꼽아본다면 생상스와 쇤베르크의 관계를 말할 수 있겠습니다. 트럼펫들 서로가 서로에게 그런 존재가 될 수는 없었을지, 트럼펫들이 모두 “각자의 방식으로” 바리를 사랑했음에도 불구하고 왜 바리는 트럼펫을 “존재하게 하고 가치 있게 하는” 존재가 되지 못했는지도 들을 수 있을까요?

A. 로봇들은 끝까지 인간으로부터 독립하지 못합니다. 여전히 주어진 욕망에 갇혀 있으니까요. 하늘구름과 바리는 여전히 인간을 만들고 그들을 문명 안에 넣으려

합니다. 둘 다 다른 식의 삶은 상상하지 못합니다. 단지 이 바꿀 수 없는 조건에 최대한 변화를 주려고 노력할 뿐이죠. 둘이 정말로 자유를 얻었다면 이런 인간 창조 행위 자체를 그만두었을 겁니다. 하지만 그건 불가능합니다.

필요한 자원이 토착 생물의 것과 겹치지 않는다면 제한적인 의미에서 착취가 없는 문명이 가능할 수도 있을 거라는 생각이 듭니다. 구체적으로 어떻게 가능할지는 모르겠습니다. 하지만 그게 불가능하다고 생각할 필요는 없을 거 같아요.

트럼펫에게도 '존재하게 하고 가치 있게 하는 것'이 있습니다. 그건 폭력일 수도 있고 사랑일 수도 있습니다. 단지 팔레스트리나는 그 모든 것의 총합보다 삶의 원초적 고통이 더 크다고 본 것입니다. 이 고통은 철학적인 것도

아닙니다. 전 그들이 만성 통증을 앓고 있는
존재라고 상상했습니다.

Q. "특별히 주제나 스토리를 짜놓고 이야기를 시작하지는 않았다. 단지 고전적인 SF 아이디어 하나를 이용해 내 식으로 전개하고 싶었다"(58쪽)고 〈작가의 말〉을 시작하셨지요. 호시노 유키노부의 만화를 비롯하여 《바리》에 곁들여 읽을 수 있는 여러 SF 작품들도 소개해주셨습니다. 평소 소설을 집필하실 때 어떤 방식으로 작업하시는지 궁금했던 독자들에게는 반가운 힌트가 되었을 것도 같아요. 언젠가 또 활용해보고 싶은 고전적인 SF 아이디어가 있다면 살짝 알려주실 수 있을까요?

A. 아주 옛날부터 태양계를 배경으로 한 청소년 모험담을 쓰고 싶어 했습니다. 배경은 이오로 하기로 결정했어요. 지금도 자료를 조금씩 모으고 있습니다.

한 조각의 문학, 위픽 wefic

구병모 《파쇄》
이희주 《마유미》
윤자영 《할매 떡볶이 레시피》
박소연 《북적대지만 은밀하게》
김기창 《크리스마스이브의 방문객》
이종산 《블루마블》
곽재식 《우주 대전의 끝》
김동식 《백 명 버튼》
배예람 《물 밑에 계시리라》
이소호 《나의 미치광이 이웃》
오한기 《나의 즐거운 육아 일기》
조예은 《만조를 기다리며》
도진기 《애니》
박솔뫼 《극동의 여자 친구들》
정혜윤 《마음 편해지고 싶은 사람들을 위한 워크숍》
황모과 《10초는 영원히》
김희선 《삼척, 불멸》
최정화 《봇로스 리포트》
정해연 《모델》
정이담 《환생꽃》
문지혁 《크리스마스 캐러셀》
김목인 《마르셀 아코디언 클럽》
전건우 《앙심》
최양선 《그림자 나비》
이하진 《확률의 무덤》
은모든 《감미롭고 간절한》
이유리 《잠이 오나요》
심너울 《이런, 우리 엄마가 우주선을 유괴했어요》
최현숙 《창신동 여자》
연여름 《2학기 한정 도서부》
서미애 《나의 여자 친구》
김원영 《우리의 클라이밍》
정지돈 《현대적이라고 말할 수 없는 죽음들》

이서수 《첫사랑이 언니에게 남긴 것》
이경희 《매듭 정리》
송경아 《무지개나래 반려동물 납골당》
현호정 《삼색도》
김 현 《고유한 형태》
이민진 《무칭》
김이환 《더 나은 인간》
안 담 《소녀는 따로 자란다》
조현아 《밥줄광대놀음》
김효인 《새로고침》
전혜진 《고르디우스의 매듭을 자르면》
김청귤 《제습기 다이어트》
최의택 《논터널링》
김유담 《스페이스 M》
전삼혜 《나름에게 가는 길》
최진영 《오로라》
이혁진 《단단하고 녹슬지 않는》
강화길 《영희와 제임스》
이문영 《루카스》
현찬양 《인현왕후의 회빙환을 위하여》
차현지 《다다른 날들》
김성중 《두더지 인간》
김서해 《라비우와 링과》
임선우 《0000》
듀 나 《바리》
한유리 《불멸의 인절미》

위픽은 위즈덤하우스의 단편소설 시리즈입니다.
'단 한 편의 이야기'를 깊게 호흡하는
특별한 경험을 선사합니다.

이 작은 조각이 당신의 세계를 넓혀줄
새로운 한 조각이 되기를.
작은 조각 하나하나가 모여
당신의 이야기가 되기를.

당신의 가슴에 깊이 새겨질
한 조각의 문학, 위픽

위픽 뉴스레터 구독하기
인스타그램 @wefic_book

바리

초판 1쇄 인쇄 2024년 7월 26일
초판 1쇄 발행 2024년 8월 14일

지은이 듀나
펴낸이 최순영

출판2 본부장 박태근
스토리 독자 팀장 김소연
편집 곽선희 김해지 이은정 조은혜
디자인 이세호

펴낸곳 ㈜위즈덤하우스 **출판등록** 2000년 5월 23일 제13-1071호
주소 서울특별시 마포구 양화로 19 합정오피스빌딩 17층
전화 02) 2179-5600 **홈페이지** www.wisdomhouse.co.kr

ISBN 979-11-7171-708-8 04810
979-11-6812-700-5 (세트)

값 13,000원